わが雑草園

寺田さみ子歌集

現代短歌社

歌集『わが雑草園』に寄せて

雁部貞夫

穏やかなる刀自とばかり思ひしにわれ驚かす
御歌しばしば

広島に来りて祈るわれの場所「ドーム」は昔
の産業館とぞ

産業館を詠みたる一首忘れがたしボヘミアの
技師に建てしめし知事は君の祖父なり

松井須磨子の写真しげしげと今日は見つ隆鼻
術施しし君の岳父思ひて

雑草園と名付けてひとり家守る慎しくして勁
きその生

目　次

装画・大山市子

わが雑草園

Ⅰ

平成十七年—平成十八年

中国行

北京

朝早く天壇公園賑はへり太極拳する人手品する人

食べてみよと女は自ら食べてみせ西瓜の種をわれらに呉るる

日本の医者の学校に子は学ぶと笑みを浮かべて気さくに語る

「八達嶺《はったつれい》」の碑のある坂を登りゆけば万里の長城は目の前に高し

足曳きて爪先上らず躓きぬ手摺りつかみて登る長城

写さるるわが顔を見て驚きぬ精も根も尽きし顔して

天安門に毛沢東の写真を飾り赤の広場に人らあふるる

広き道にゐざりて物を乞ふ人も居りたりわれは眼そむけぬ

大らかな国民なるか時刻など気にもかけずにわれら空腹

ひと集ふ所にいつも押し売りの付きてはなれず貧しきこの国

期待せし北京ダックの夕食は思ひしほどに味の良からず

壮大な紫禁城なるこの建物北支の戦野に兄も仰ぎしか

兄の一生《ひとよ》此処に始まる如くにも召されし後のシベリア抑留

平和なる思ひをもちて尋ね来しかの遠き日は走馬灯のごと

西安

北京より西安に飛ぶスチュワーデスの顔に見惚れて楽しひと刻

しばしの間ベンチに憩へば西安の幼にこにこと歩む可愛ゆし

二千年地下に埋もるる兵馬俑皇帝のちからを後の世に示せり

四万人の工人を殺し世に出でず今世に燦たり霊よ安かれ

めぐりきてお堂に仏を見上げたり賽銭上げて南無阿弥陀仏

西安の都は此処ぞ空海の恵果に学びし密教は今に　青龍寺

浴槽も発掘されぬ楊貴妃の冬の宮殿華やかなりしか

屋根瓦そり美しき華清宮楊貴妃住みき贅をつくして

楊貴妃をしのぶ裸像も艶めきてカメラに納むと人ら列なす

西安に味はひたりし珍楚糕《チンスコウ》似たる旨さは沖縄にもあり

西安に見し月うるはし仲麻呂の三笠の山を恋ひて詠みしか

西安の道端に売りゐし石榴の実思ひ出し食むわが家の石榴を

フランス・パリ行

オペラ座の円天井にシャガールの絵描かれし人も花も楽しげ

オペラ座に団十郎演ずる弁慶を天井のシャガールの絵も驚き見しか

真赤なる絨毯敷かれし貴賓席にひとときときを座るほのぼのとして

このホールに小沢征爾タクト振りたりき一期の思ひ出今も鮮やか

金鉱石

金鉱石千度を超えて火の輪となり生まれ輝く純粋の美よ

三越の天女の金細工成されたる十年の労苦つぶさに告《の》らす

中林健三先生宅にて

手に打ちし金にてなれるネックレス真珠を飾るチェーンが光る

ネックレス身に付け天女を仰ぎ見しこともありしかわが宝物

春の息吹

古民家に大宮囃子《ばやし》は伝へられ獅子舞ふさまの猛きを見する

獅子頭に我も我もとそのかうべ嚙ませめでたき新春迎ふ

煙突のけむりは形崩すなく氷れるごとし早朝なれば

正月にわが家に咲ける啓翁桜うす紅の花満ちて華やぐ

手をつなぐ母子三人の生きいきと坂道登る落葉をふみて

足曳ける友を見送りその姿視野より消ゆるまでを佇む

わがすわる両隣りなる男性の腕組みたれば肩凝りはじむ

時々刻々看視されるかセコムとふ機器の存在檻のなかにて

外出に帰宅に言葉かくるなしセコムの声にありがたう言ふ

わが部屋に日射しは伸びてその光意外に強し埃浮く見ゆ

新しき二重ガラスに守られてわが部屋ぬくし冬の日射しに

使はずに置きたるミシンに油差せば軽き音たて動きはじめぬ

新しき片手のみなる手袋のまたも出でくるわが物忘れ

皺ばむと見ゆる花びら開きたり健気なりこの梅の古き木

二つ三つ乙女椿はほのぼのと風にもめげず咲き初めたり

綱引ける人のはやきに短足の仔犬は毬のごとく駈けゆく

昼の月白く浮かべりひんがしに昨夜見しよりすこし移りて

寒椿一樹さながら花と咲く遊べる児らもわれも花なれ

海のささやき

潮騒の音ひびかせて徐々に引き泡立つ潮は砂にとけゆく

引く潮に砂は締まりて心地よし足裏に伝はる海のささやき

引く潮は幾何学模様を残しゆくいま描かれし瑞々しさよ

潮引ける岩に腰かけ取り出だす餡パン一個を鳶の攫ひぬ

向かひ合ふ友も気づかぬ天晴《あつぱ》れな鳶の早技褒めてやりたし

強風に昨日に変る今日の海波立つ海面は鈍色にして

よべ荒れて打ちあげられし浜辺には昆布わかめを人ら拾へり

亀の手といふ貝とわかめの味噌汁を振舞はれたり海辺の店に

風紋を画ける砂丘を駈くるあり寝転べるあり日ざしあまねく

寄せてきて磯に砕けし白波は沫《しぶき》となりて泡と消えゆく

引く潮は昆布と芥を打ちあげて白波を巻く音たかだかと

浜辺

海風の吹きくる今日は寒けれど海藻を拾ふ人らの多し

潮引きて岩場に残りし海藻の色よきものをわれは拾ひぬ

飛行機二機前後し頭上を過ぎ行きぬ成田と羽田を目指せるものか

海に向き砂浜に立つ二人あり黄昏のなかに影絵のごとし

あらあらしき蘇鉄の幹にのきしのぶ寒風のなかに青々と生く

砂浜に凧を揚げゐる子供らのさざめく声に潮ささやく

岩の洞抜けて吹きくる風荒れて海面は白く波しぶき立つ

鶺鴒の羽根美しきが飛びきたり浜辺の岩に尾を振りやまず

枯れ松葉敷けるがごとき道あゆみ蜜柑たわめる集落に出づ

春らんまん

吹きすさぶ風運び来る菜の花の黄のひと色の香りは甘し

人びとの溢れむばかりに駅を占め河津桜は諸人迎ふ

空の色と海の色とを分けながら大島利島かすみつつ見ゆ

満ち咲ける桜のしづ枝の花もひらき溢るるほどの一樹豊けく

思ひ出でてミモザサラダを作らむか黄の花盛りの木下を歩む

切り通しの道を歩めば山桜の散る花びらを額にうけぬ

目の前に開けし青き海の色遥かなりわれは息深く吸ふ

去年までは畑なりしに駐車場となりてはや新車置かれぬ

山を崩し道路となせばあらはにも繁りし木の根は日を浴びてをり

韋駄天は釈迦の弟子なり詣でむと山懐の御寺を目ざす

わが庭を荒す猫あり薬撒き自が臥りたり猫より先に

朝ごとに芽は伸びきたり苧環も十二単も咲きそろひたり

黄の蝶は蒲公英群れ咲く中に入り昼の日ざしに紛れむとする

診察券ばかりの小物の袋にて今日は何科と探すに苦労す

戴きし宝鐸草は伸び出だし淡き緑の花咲かせたり

腰痛に耐へてベッドに臥しをればわが詩心も今日は湧きこず

桐の花紫淡く咲くみればふるさと懐かし父母《ちちはは》なつかし

ひさびさに見る葛の葉は風に揺れ重たげにして翻るなし

二歳児は砂場に座り土塊《くれ》の小さきをほぐしほぐして遊ぶ

這ふ蟻をみつめてをりし幼児はその母を呼び指さし教ふ

墓参する今日は母の日一輪のカーネーションも添へて持ちゆく

携帯の操作覚えむとボタンを押せば子に掛かりたりストーカーと言ふ

植木鉢に培ふ小松菜三株ほど吸物椀の青味となしぬ

朝《あした》より雨降り続き工事場にミキサー車廻る音も今日なし

降下剤一錠呑みて今日があり一生付き合ふ友と思ひぬ

葉の色を白く分かちて半夏生夕暮れどきを明るさ保つ

箱根にて

足もとをみつめ踏みしむる石の道ふるきみ寺に詣でむと来つ

登りては下る青葉の石の道紫すみれをちこちに咲く

爪先をみつめ歩みゆく石の道大きな蟻のよぎりてゆけり

茂吉の歌碑人ら囲みて仰ぎつつ彫られし歌をよみ返すなり

強羅にて

河骨の黄の花は濃く池に浮きカメラに写す間もなくて過ぐ

登りきて噴水高くかすみ立つ沫浴《しぶき》ぶるも心地よきかな

薔薇の花色とりどりに咲き匂ひひと際美し花の香嗅ぎぬ

ヒマラヤの青芥子《けし》のその花びらを初夏の風は秘かにゆらす

幼児が飴一つにも喜びて飛び跳ねるこの仕草かはゆし

蟬の声

蟬の声ひと際賑はふなかを来て大涌谷見ゆ草も木もなし

石塊《くれ》の道を登れる人の列行きがたければしばし眺めむ

そここここに硫黄にほひて水蒸気煙のごとく立ちのぼりたり

蟬はいま羽化し始むるとき長くかけてこの世に数日を生く

日盛りの樹上に蟬は合唱すこの歓びもあと幾ばくぞ

蟋蟀の声も涼しげ夜の更けて夏草繁る庭よりきこゆ

鈴虫は体より大き翅ふるはせ涼しき声を響かせはじむ

虫の音のきこゆるわが家をいとしめり低くも高きも交々にして

袋田の滝

去年《こぞ》までは庭一面に咲く石菖言ひ合はせしごと今年は咲かず

ひと日にて萎《しぼ》む木槿の白き花晴れたる日にはひと際華やぐ

水盤に活けたる藪茗荷の白き花その清楚さを良しとし思ふ

原爆の記念日に開く白百合を慰霊の花とす今年も浄らに

とき過ぎて芽を出だししを訝《いぶか》れど曼珠沙華なり黄の花もよし

散歩する犬に見覚えわがありてその飼主としばし語りぬ

のびし茎の節々に咲く白き花折鶴蘭は雨にもめげず

萩の花こぼれ咲きをり紅に垂るる枝先しかとうづめて

坂道を登りてゆけば轟々と響く音する滝は近きか

瓢箪を縦に割きたる形に似て水さかんなる滝の珍し

三段に分れて落つる袋田の滝水の厚みの走れるしぶき

鰺の干物買はむと入りし海産物センターに鯛の味醂干買ふ

靖国の社

マイク通す宮司の声を聞き漏らさじと幾百人の咳《しはぶき》もなく

白鳩の今日も群れなし睦まじく飼育されたるものの素直さ

白鳩の啄み終へるを待ちてゐる雀らのむれ残りついばむ

靖国に祀らるる身を永らへていまも健在と足ひく人は

遠方より集ひし人に神職は声かけ手を貸し案内なされぬ

栗の皮一粒むきて手を休むわが飲食のくさぐさ楽し

先づ産地たしかめて買ふ野菜類生産者の名に何か安らぐ

自転車を禁止区域に並べたり漢字よみえぬか厚顔の人ら

空き家となり広き庭には薔薇咲きて赤あり黄あり花くび垂れぬ

泥《ひぢ》色の水に泳げる鴨の群れ尺余の鯉はそのそば泳ぐ

富士山に初雪といふ白山にも雪積みにけむわが故里は

南天の紅葉せるに見紛ふか鵯《ひよ》は来たらず実は色づけど

席をゆづり呉れたる人に礼を言ひ息はととのふひと駅過ぎて

紅葉の天城越えゆく谷間《あひ》にわさび田ありて青々しげる

水清き天城に育つわさびなりその店あればひと折買ひぬ

夕焼の空のうつせる伊豆七島水平線のかなたにかすか

かもめ飛び鳶も交れる漁港にて今朝水揚げの魚など食《た》ぶ

緑濃き黒松の枝に鴉一羽北吹くかぜに海をみてをる

青き空うつして藍き海原の波おだやかに船一つ浮く

円山公園

いもばうに食ぶと並べる列に待ち遥かなる日の風味を思ふ

円山の公園過ぎて祇園町着飾る舞妓われを振り向かす

公園を出でて登れる長楽寺安徳帝の母御得度せしといふ

安徳帝の召されし衣服も展示さる幼く逝きぬ壇の浦にて

祇園女御の祠新し道添ひにきらめき在れば香を手向けぬ

祇園にて吉井勇は遊びしか白川流るる畔に歌碑あり

南禅寺

垂直にちかき階段のぼりきて山門に在す仏に詣づ

山門に登りてながむ五右衛門の絶景かなと言ひしを諾ふ

紅葉のゆたかに映ゆる南禅寺そぞろ歩きて湯豆腐の店に

琵琶湖より水を引きたる水道橋いまも残りて往時をしのぶ

日常

日の匂ひ嗅《か》ぎつつ畳む洗濯物この枕カバーに今宵ねむらむ

わが東に高層建ちて朝日見えず西にも高層夕日も見えぬ

日差し受けて庭の草々蕾もつ植ゑしも蒔きしも名をば忘るる

根付きたる宝鐸草は増えに増え青き実をつけ庭を占めたり

席譲りくれし青年わが前にジーパン破れ膝も臑《すね》も見ゆ

千代紙を張りたるごとき細き月遮る雲なき空にかがやく

渋滞の道路渡らむと立ちをれば車を止めて渡れと合図す

老いし母ありし人かも優しさの伝はり来しと独り合点す

ＮＧＯの人らを乗せて世界一周の白き客船は大桟橋に

この船に乗りて南米・ヨーロッパと巡りて来しと爽やかに言ふ

出航の若者数多に手を振りて無事を祈りぬ世界に羽搏きゆけよ

海の上に起伏をもちし板の道珍しみ踏む軽き音せり

空青く白雲浮ける海の上身も軽々と初夏の風受く

みどり児は指輪の石に手をのばし眸かがやき放さむとせず

みどり児も石に興味を持つならむ満足げにして驚くわれは

腫《は》れものに触るる思ひに躊躇《ためら》ひて物を言ひしに子は返事せず

サファリ

群れ遊ぶ子猿可愛ゆし尻赤く母猿は目を離さずにをり

せんべいをもらふと寄りて来る鹿の順番待ちを心得をりぬ

ライオンは体横たへ四肢のばし昼寝の顔はさすがに優し

丸々と白き毛並に覆はるるホワイトタイガーこの風格は

珍獣と聞きて来たれど名を忘る後足に立てる小さく可愛ゆし
＊オグロプレーリードッグ

サファリの動物見巡り行きてクローバーの四つ葉五つ葉摘みて嬉しも

鬼灯

鬼灯《ほほづき》の赤く実れる一茎を盆の供花にと飾りしたしむ

鬼灯の種を除きて吹きならす夏の遊びの遠き思ひ出

花ざくろ八重に咲き出づ赤々としじみ蝶くる蜂も出で入る

隣り家の庭木にはびこる藪枯らしわが庭を襲ふ危惧を抱きぬ

インコの餌に買ひしと言へる小松菜を分けて貰ひぬ浸し物にせむ

這ふ蔓の先まで咲ける凌霄花《のうぜんかづら》次から次と朱の濃き淡き

今朝も来て黄の蝶ひとつ薔薇に寄る昨日も来たる蝶にてあらむ

通勤の車内は背高き人ばかり砦のごときに身動きならず

横雲を茜に染めて大空の華やぐを見る安らぎて見る

アニメの絵などを主役にカレンダー数字も曜日も小さく記す

信濃路

分離帯のコンクリートに這ふ蔦紅葉続きて飽かず車窓より見ゆ

東京より一度高いといふ気温甲府を過ぎて渋滞ゆるむ

あざやかに姿現す八ヶ岳高く雄々しき岩膚見せて

先を行く子は幾度も振り向きぬ急げどわれは追ひつけずして

信濃路に風林火山の旗なびき川中島の合戦おもふ

黒く塗りみやびに整ふ松本城仰ぎて偲ぶ往時のすがた

天守閣に登る階段垂直に近きを見上げ諦めむとす

祭りとて風林火山の旗のもと太鼓打つ音心に沁みる

霧ふかき山並つづく北信濃訪ふは飯山空気がうまし

商店の雁木つらねし軒並の雪に備ふる姿のよろし

城跡の一隅に建つ頌徳碑祖父の勲《いさをし》をいまに残して　飯山城跡

丘の上三万五千石の小藩も栄華の夢のあとを残すか

石垣を残せるのみの城跡に千曲川より吹く風の冷ゆ

城跡は往時を偲ぶよすがなく市民会館に弓道場建つ

戦ひに死闘つづけし千曲川いま平和なる川面のうねり　八幡原古戦場

ひつじ雲空を彩り日に照りて雪積むごとし信濃はひろし

信濃路のいづこ行きても勇ましき風林火山の旗なびきをり

風切りて走る車となびく旗われの心も旗のごと揺る

名将の真田父子《おやこ》の居城あと巡るも広しわが歩み得ず

井戸のごと掘りて抜け道作りたり事ある時の知恵にてあるか

六文銭の旗翻《ひるがへ》る町を出でて道の草木も家も途切れし

ひたすらに子は車馳せ山並にわれはうつとり言葉交さず

真桑瓜

黄の色も鮮やかにして真桑瓜味はひて買ふ幾年ぶりか

二つ三つ蟬の骸はまろびたり蟻の一団曳きゆくを見し

藍の香をかすかに残せりゆきずりの博多の帯の似合ふこの人

影二つ写して歩むわが姿背を丸めつつ貧しきさまに

蒔くことも植ゑしこともなきサルビアの庭のそこここに赤々と咲く

つまづきし小石の一つ蹴飛《けと》ばさむ力もあらず睨みて過ぎぬ

竹竿にしづくの残る朝にして音なく降りしか入梅のそら

静けき夜ときを忘れて読みをれば万葉人の心しみくる

高層の屋根に止まりて大鴉方向さだめ直線に飛ぶ

捩花は捩ぢり捩ぢりて桃色の花をつけたり空に向ひて

眼鏡なくては過ごせぬわれが外出のバッグに入るるを今日も忘れぬ

起きぬけに窓を明くるも涼風の吹き入る日もなし八月の逝く

河童ぞと言はれしわれわれも年経りて温水プールに体《からだ》浮かばず

藤なみの花かげ揺るる下に立ち心なごめりその紫に

耳遠き友との会話は手話ならぬ手話を交じへて語り合ふなり

雨の日は早ややばや雨戸を降ろしたり侘び住まひなる一つ家にして

六十余年土に埋もれし不発弾一万六千人を避難させたり

不発弾処理されしとふニュースありヘリコプターはわが上を過ぐ

萩の花散りしトンネル通り抜け風に抗ふ蜆蝶みつ

坂道に背を押しくれし友なるに病名明かさず忽ち逝きぬ

さそはれし薪能にて幽玄の世界に身を置く刻をもちしに

野に山に探鳥の会に歩きしと言ひゐし友を尊びゐしに

ひとつばたご咲くと言ひ来し友にして我より若く逝き給ひたり

裸木なる木々は拳を振りかざし日に向き力を鼓舞して止まず

よそ見してわが靴先を蹴飛ばしぬ平然と行く礼知らぬ女よ

高層ビルの肩にかかりし夕月夜大きかかりけり眼前に見ゆ

ハチ公の像を見つめて半世紀今日もめぐりに人は集まる

にぎはひて居りし食堂閉ぢられぬ洋風嗜好《しかう》に人ら変ると

にびいろの空を写して暗き海波おだやかに船一つ浮く

沖に出で昆布わかめを積みてくる船を待つ間の漁師ら息づく

海水の温度に適して育ちしと漁師ら浜辺に顔の明るし

はじめて聞く電話の声は三歳児透る声せり言葉となりて

三歳児わが血も継ぐか曾孫の返事も出来る早く訪ひこよ

いちどきに花を開きし乙女椿葉の数よりも花かず多し

咲き満てる花に誘はれ出でし人ら目ざすはこの公園かボート犇めく

日の射して水面に浮ける尺余の鯉のたりゆらりと散歩の気分

開花予想遅れし今年場所取りの新入社員らなくて広びろ

幹さけし洞の真中に若き枝花を咲かせる力みなぎる

木の根元好みて殖えし藪柑子丈低くけれど赤き実の冴ゆ

まばたきを繰り返したる蛍光灯ちから尽きしか明り灯さず

帰り路にま向ふ月は白くしてわれの歩みを見守るごとし

わが庭を雑草園と名づけし夫浄土に満つる花に遊ぶか

ブルドッグ可愛ゆき顔に寄りて来て差し出すわが手に舌暖かし

つらなれる給油の車限りなし明日より値上げか心さわだつ

戦ひの日々を思へば今の世の平和惚けなるさま耐へ難し

わが眼斜視となれるか貼る切手今日も歪めるまま投函す

宝鐸草淡き緑の残り花夕べの風にゆらぎつつあり

慈光寺

杉木立直なる山の中の道慈光寺参道バスはのぼりぬ

文明先生とご家族の位牌に香手向く千手観音の御前ちかく

ご朱印を請ひて戴きありがたし再び訪ふはかたしと思へば

塔頭《たっちゅう》の数多を総べて頂点に慈光寺本堂古りしも良けむ

先生の庭の匂ひ桜は移植され大木となりて葉を広げをり

多羅葉は本堂まへに繁りたり紙のなき世の写経に用ゐぬ

Ⅱ　平成十九年―平成二十一年

越後アルプの里

にび色の空を仰ぎて雨なきを念じてバスに身を任せたり

「ときばす」は白き車体に緑の文字朝日を受けて関越道をゆく

時を気にすれども見たし青き芥子わが渾身の力にあゆむ

危ぶみつつ古き木道を歩みゆく池の縁なるあやめ色濃し

ヒマラヤの青き芥子の花見むと登りゆく岩階狭きによろめきながら

噴く汗も引きゆくごとし目の前に青き芥子の花清らかに咲く

一茎に花幾もとか咲かせつつ嫋《たを》やかにあり芥子の群落

時過ぎて残れる芥子はヒマラヤの気温に添ふか美しき色

蓮華升麻日本古来の花といふ万葉集には何と詠みしや

エーデルワイスをスイスに見しと思ひつつ顔近づけて匂ひ確かむ

海のエジプト展

クレオパトラ愛せしはこの都なり栄ゆる時代の金銀七宝

海の中魚と共に巡りたり一千余年の遺物に遭ふと

ゆたかなるクレオパトラの在りし世の金銀宝石の破片のこして

海底に一つの都市の遺物なる技術のあとの輝かしきも

大いなる石像三体見上げたり今の世に作りしもののごときか

海底に千年余を経て甦るクレオパトラの像豊かなり

ハピ神にファラオの像と王妃の像巨大なりわれらを威圧するごと

黄金のイヤリングありコインありクレオパトラの愛用せしか

芦の湖

陸橋に見下ろす人を見上げつつ東名道を通り過ぎたり

御殿場に名ある蕎麦屋と言ふに来て子と共に老舗の蕎麦を味はふ

青々と芝生の伸びて風涼し展望台の真下に広き芦の湖

そこここと新道料金を払ひ来て箱根には今も関所がありぬ

美しき風景みせて芦の湖に海賊船は無気味に浮きぬ

蜩《ひぐらし》の鳴きてにぎはし湖を見下ろす緑陰人らにぎはふ

紫陽花の時すぎたれば返り花いづこに見るもほつたり明るし

黒き蝶道路にあそぶ昼ひなか悠然として楽しみをりぬ

箱根にて富士を仰げぬ空しさやにびいろの空雲よ去りゆけ

スーパーのなかに紋白舞ひきたり花のごとある婦人服の辺に

眺めゐる客の目集めはたはたと蝶にそぐはぬ場所に舞ひをり

父と子

遊園のその川の淵に幼児は水面たたきて沫浴《しぶき》びゐる

父親と幼三人のかくれんぼ散らばりゆきぬ小公園に

幼らを遊ばす手だて母よりも父と遊べる児は嬉々として

土曜日の父親増える公園に児ら声を挙げ走り廻れり

使ひたる切手を集めて半世紀八十路超えたる今もなしをり

ひと掬ひの米にて作る粥にして夏風邪に臥す今宵の食事

宇宙にて日本の家が完成す「きぼう」の暖簾懐かしく見る

「日本の家」無重力の楽しさに恵まれしといふ星出飛行士は

美しき地球の平和守るべしかけ替へのなき人類の棲み家

犬山にて、兄逝く

甥の声はその父の訃を知らせくる来なくてもよい無理をせずにと

葬儀場の空きはなしといへば離れたるこの犬山の地にて兄を弔ふ

通夜の席に面影を継ぐ子や孫らこれで良かりしと独り思ひぬ

葬り終へこころ開きて見る夕日まばゆく仰ぐ山の彼方に

まぼろしの如くにも見ゆる犬山城山上の月を肩にかげ置く

吠ゆる犬恐いからいや兄さんの兎の年と替はつてと言ひしも

幼き日われの言ひしを兄も知る他愛なきことも話し合ひたり

八十路越え運転免許更新を止めしに安堵無事故に来しも

ふる里の道路《みち》拡張にわが家の位置の変貌せしも言ひて最後ぞ

骨折に入院せしが院内にて肺炎となり身罷りしといふ

名をよばれ返事をすれどはて誰か学生なりし甥御さんなり

四十余年われは忘るる先さまは覚えてをられ再び会ひぬ

初対面は東京なりきこの度は義兄の葬りのここ京都にて

無口なる義兄なりしかど温かき心と正しき人柄なりき

物語の千年紀祝ふ京にきて義兄の葬りの席につらなる

長岡天満宮

藤袴の原種と言へる花咲けり境内の一鉢に色濃きくれなゐ

仰向けば大き牛なり銅製の鼻光らせて四肢をたためり

丑年の天神さまと手を合はす若き女性と心通ふか

境内に在《ま》し坐《ま》す牛の鼻面を撫で来年の景気よきを乞ふ

池の面を吹く風冷えて頸すくめ帰り路を急ぐ姉待つ家に

病む姉

無表情なる姉の顔見れば自づから涙あふれて言葉も出でず

病むことなく健やかなりしに何故ぞアルツハイマーに蝕まれゐて

長生きをし過ぎたと嘆くこの姉に向き合ふわれの何と答へむ

癒ゆるなき姉を見守るせつなさよわが成し得ること思ひ浮かばず

「数独」の箇所埋めんと鉛筆を持つ指先も危ふげにして

冷ゆる夜に手と足摩《さす》れば気持良しと言ひしこの姉と久しく睦む

培へる秋明菊と石蕗の花ともに咲きをり主なき庭に

姉ひとり残して去るは心もとなしさりとてわれも止まり難し

今よりも病進まずにあれと祈り大谷祖廟の石段のぼる

祖廟前香煙の中み灯しを父母に捧げぬ姉を祈りて

久しぶりに八坂神社に詣でたり心新たに病む姉を祈る

賽銭箱の上に下れる鈴の綱太くて重し鈴の音鳴らず

知恩院の石段下に仰げれば大いに高し御堂はるけく

山門の上に在せるみ仏に姉を祈りて脇道のぼる

行き交ふ人皆しあはせにみゆるなり知恩院の坂登りつつ

杖はわが分身にして山の道石段の道たよりとなりぬ

除夜に聞く鐘の響きを懐かしみ気力あらねど登りて見たし

深草の少将訪ぬる小野小町にゆかりなけれどわが歌碑一基

虫の音は随心院の広庭にならべる歌碑に涼風わたる

ミキサー車住宅街をひた走り塀に張りつくばかりに避けぬ

遊園に幼の遊びさまざまの声の交りて聞くも楽しき

日に乾く洗濯物を来年も着むと畳みぬ鬼は笑ふか

剪定の切口白き木々の枝冬日に照りて力溜めゐむ

腰下ろしひと息つけば忽《たちま》ちに鳩ら来たりて餌を求むる

セコムの言ふ留守はお任せに安らぎて友を尋ねむ久しぶりなり

人と人関り希薄になりたれば犬や猫飼ふ伴侶《はんりよ》のごとく

黄の蝶は翅をたたみて花に寄り花を飾りて花に酔ひゐる

原爆慰霊の日

巡りくる原爆の日よ慰霊の日一瞬に焼く人も館も

原爆の被爆に病める六十六年生くる屍叫びきくべし

原爆のドームとなりし産業館ボヘミアの技師建築せしか

高層の建築にしてヤン・レツル祖父寺田知事の英断に建つ

窓枠の厚味を残しドーム建つ技師ヤン・レツル最新の業《わざ》

原爆の被爆者しのぶこの夏も地下の鬼哭《きこく》の声もきくべし

戦ひの終りを告ぐる夏ま昼魂ぬけしさま今も忘れず

博文公との関り示すエピソード磊落《らいらく》なる祖父の人柄思はするもの

枢密院の出仕を約し休職中に身罷りましぬひと代輝き

朝一盃呑むのもよしと言ひましぬ君のひと日の活力なりし　宮地先生

枇杷の実

枇杷の実を小鳥が突つくと歎く友重きを提げて持ちくれにけり

夫君の捥《も》ぎたる枇杷は瑞々と甘味もよけれつぎつぎに食む

平和なる幸せありて何願ふ九条守らむこころ一つに

四百年経し黒松の幹太くまがりし枝も空をささふる

もだしつつ人待ち顔のふらここは二つ並びて西日を受けぬ

ま向へる西日を受けて歩みたりわが顔まこと鍾馗なるらむ

蝶の翅引きゆく蟻の昨日まで舞ひゐしものか色あたらしき

仔犬なりし時にわが顔なめられて久しぶりに会ふこのブルドッグ

戸締りを確かめよといふセコムなり一糎明くを忘れしのみに

朝の空

目覚しの時計を止めて十五分至福の刻ぞ空はばらいろ

しろじろと空浮く雲は茜さす今日の晴天のみちびきとして

朝日浴び砂場に遊ぶ鳩の群ひと日の行動話し合ふごと

子宝のなきわが家にて子宝草鉢に溢れて地に根付きたり

雨降りに日の射しくれば訝しむ狐の嫁入りと聞きしも遥か

サンバ

盆の宵サンバを踊るパレードの踊り子と交しし手の冷たさよ

身に纏ふ華やぐ飾り楽の音に素裸の寒さ思ひて見つむ

薪能都庁広場に三千人地面さがして腰下ろしたり

寝待ち月静かなる夜を照らしたり言葉交せぬ姉を偲ぶも

郷土博物館

駐車せる芝生に飛びし蟋蟀を掌《て》に囲みたりしばし親しむ

人の声まねるがごとき声残し羽音も高く烏《からす》飛び去る

むれ遊ぶ鳩の仲間ら自《し》が衣裳異にして歩み楽しむらむか

あかあかと炎掲ぐるサルビアに黄の蝶止まりて余念もあらぬ

白樫とヒマラヤ杉は並び立ち長屋門なる屋根を見下ろす

嵯峨邸の跡地に建てる杉並博物館郷土の歴史珍しみ読む

昭和の御代慶事もかなし姫君の溥傑氏に嫁ぎし辛苦しのばる

ひと枝に残りし一葉落ちにけり冷たき空気流るるあした

姉を案じわが代を思ふこのごろは浅き夢みて覚めては忘る

コーヒーも紅茶も昔の味を恋ひ香り残せる限度に薄めむ

薄氷を踏む思ひに来し医院にて心配ないよ歳ですからと

茎のみが伸びつつ蕾もほぐれきて曼珠沙華の花は早もひらけり

ペギー葉山の歌を聞くのは久しぶり夫あらば共に口ずさまむか

団栗《どんぐり》と椎の実共に艶々と踏まれ弾かれ道の端につむ

往還の激しきなかにバスを待つ通りゆく車の種別も知らず

いま枝を離れし桜葉艶めくを惜しみ拾ひぬバスを待つ間に

携帯の使へぬ車内にマンガ本読める人らの顔を見下ろす

古稀すぎて子と孫三人の富士登山を語れる友をつくづくと見る

太陽は真赤に燃えて沈みゆく釣瓶おとしの秋の夕暮

駅までの落葉ふみつつ迎へむと久しき友を待つは楽しく

辞書ひけば印つけあり疎み見る忘るることを亦も忘るる

忍野の里

地下道を一人しあゆむ靴音の密けき空間をふり返り見る

池水に葉脈のみの幾枚か昆虫はぐくむ棲家とならむ

紅葉に彩られたる中央道バスは行きゆくわが知らぬ里

蛾の一つ浴槽に浮くを共にして温もるひと刻をゆるり楽しむ

名水の池面の上を泳ぎゐる白き鯉なりゆらり散歩す

涌き水を含み味はふその水はまことの味か舌にやさしき

流れゆく小川の水面透きとほり忍野の里の水はうましも

雪の富士雲も茜に染まりたりこの気高さにわが身清まる

朝霧の深き今朝なり裸木の林をつつみ明けゆかむとす

葉を落とす疎林の間を薄日さし昨日の雪富士姿を見せず

朝霧のなかに浮きたる白き太陽を月見るごとき思ひにぞゐる

満作の古葉は新芽を守りつつ枯れがれなれどしがみつきたり

十五夜の月大いなる輝きに山や谷あるかげをも見せて

Ⅲ

平成二十二年―平成二十三年

新年

青々とせる畳表を忘れゐし心地よきかな足《あ》裏になめらか

雨の日も鳩は来たりて草を分け啄みをるは何の餌なりや

冬は冬の夏は夏の風邪気もそぞろ今は人間を止めたく思ふ

一葉の枯れしが斜めに舞ひ落ちしを掌《てのひら》にのす色も鮮やか

つつましく咲く白梅は誇らかに己がじしなり凜然として

画像なる吉祥天女幾百年の色彩のこしふくよかに在《いま》す
薬師寺東京別院

新年の写経を終へて息をつきとこしへに照らす法灯仰ぐ

声明《しやうみやう》の和して響かひ堂に満つ老いの手を引く若きもありて

初春の君が琴の音清らかに「春の海」なり心なごみぬ

清められし畳の上に正座して新年寿ぐ茶席につらなる

初釜に宇治の茶戴く懐かしさ色よく味よく香りもよけれ

銘のある棗に盛らるる抹茶にて茶杓のあとも清らにのこす

藪椿いろあざやかに開きたり柳に添ひて床の間飾る

宗匠の一幅掛けし床の間に春待つ花の生きいきとして

土俵の上気力漲《みなぎ》る両力士どちらも贔屓《ひいき》す目をつむりたし

国技なる相撲にあれど上位陣外国力士に占めらるるああ

贔屓《ひいき》せる力士の応援胃が痛し組みて一分ああつかれたり

大銀杏の櫛目のあともさはやかに横綱白鵬雄々しき姿

横綱の貫禄徐々に備はりぬ白鵬関よ虔ましくあれ

乙女椿

頸すくめ鳩ら屯し素直なり寒き風吹く朝の公園に

鴨の二羽黄色き足に泳ぎきて一羽が踊る振舞をする

鵯《ひよ》は来て椿の花芯つつきたり花びら散らす荒々しくも

花の数多きが枝を撓ませて乙女椿は風にゆられる

花の下に見上ぐる顔の幸せか待ちゐし人ら涌き出づるごと

鬱金の桜

葉を囲むごとくに花は寄り合ひて鬱金の桜玉と光るも

散りしける花片巻きあげ風の中散るを浴びゐて歩みを止どむ

風立ちぬ鬱金の桜ゆらめきてわが持つバッグに影を落とせり

五十余年住みしその家あとにして姉は孤りのひと部屋に病む

疾走し身の垂直に飛び上る女子のモーグルに声を呑みたり

転ぶごと障害さけて疾走す選手の吐く息きこゆるごとし

川幅の狭しとばかり花びらのせめぎ合ひたり川面しづかに

春の彼岸

背後より大き手伸びて吊皮の上を摑みぬ混み合ふさなか

帰り来て朝刊読める夕暮の忙しさはなにのどけさの欲し

わが身体二分せしかな腰痛にうごく度ごと太き息つく

春の彼岸荒れし日を避け今日となる先づ青山の祖父母の墓に

枝交す墓地の桜も開かむと明日を待つごと蕾ふくらむ

田園都市線を境に街は一変す高級住宅地と雑貨屋呑み屋と街と

東北みちのく

雪の襞くつきり見せて那須連山朝日を受けて靄《もや》たなびきぬ

石割桜蕾のままに黙したりこの一木《ぼく》を見むと集へる

渓谷を眺むる露天の湯煙のかぜ吹きくれば朝日に揺れぬ

しだれたる桜の蕾に額ふれぬ武家の屋敷をいそぎ巡れば

二階への狭き階段急斜面上るも降りるも綱をたよりに　角館

庭広く手入れも整ふかたくりの花も咲き満つこの嫋《たを》やかさ

安達太良山みゆれば智恵子の浮かび来ぬ美しき空懐かしき山

はやぶさ

朝《あした》より道路を掘りて水道管とり替へ作業の音につかるる

狭き道作業の車留められて騒音をきき家にこもりぬ

イトカワより地球に帰る「はやぶさ」の土産は何ぞ世界の目集む

七年の歳月長し創負ひし「はやぶさ」交信神業のごと

「はやぶさ」の帰還にうれし涙せり宇宙の神秘科学者の力

「はやぶさ」に全智全能を託したる人間の知恵尊くたのもし

雑草園

蝶ならぬ熟女の二人菜の畑に入りて舞ひたり花摘みながら

雑草に交りて咲ける紫の色も鮮やけきすみれの花は

雑草を抜きつつ思ふ雑草園と名づけし夫の逝きて二十幾年

風に舞ふ葉と花びらを掃く日課わが家に積みぬ隣り家のもの

受話器より聞こゆる返事明るくて弾める声にわれもはづみぬ

警戒も馴れなれしさも見せぬ犬気品を保ち近寄りがたし

躑躅《つつじ》咲きカラーは白しオダマキにスズラン紫蘭わが雑草園は

深大寺

巡りつつわが位置失ふ広き苑方向たしかめ人群れを縫ふ

わが庭に四季の花咲き楽しまむ胡蝶花に浜菊紫陽花ひらく

黒揚羽翅を大きくひらき行くサルビア燃ゆるその傍らに

兄

原爆のドームと変り祖父の名と館の無残ともに祈りぬ

原爆の慰霊の花とし捧げむと今年も咲かす白百合の花

六十余年命日として式典の黙禱に和せりわが生ありて

シベリアに抑留八年帰り来し兄の思想は真つ赤となりて

帰り来し兄を迎へて父の顔喜び溢れ間なく身罷る

めぐり

ミーンミンミンミンの声リズミカル歩みとどむる誘はるごと

砂浜に流れ着きたる芥《ごみ》の山国名見れば「北」よりのもの

「北」よりの芥の大小増すばかり清き砂浜眺めもあらず

たち寄ればオセロに向ふ媼達かるく駒もつ白と黒とを

一戸建ての小さくあれども独り住み広し安けしわが家と言ふは

診察を待ちて三時間それぞれに椅子にもたれて眼とぢたり

パソコンを打ちゐて我に背を向ける医師との会話二分が程に

絵よりぬけ出だしたるごと若き女《ひと》颯爽として青児描けるに似る

藪枯らし蔓を伸ばしぬ塀越えてわが家の木々に巻き絡みたり

嫌はれて毟り取らるる藪枯らし競ひて伸びぬ力つよしも

去年までは赤く咲き出でし曼珠沙華今年黄色く群れて咲きたり

鱗雲ひろがる空の楽しけれ暑さ残れどこころ安らふ

青虫の小さきが部屋に這ふを見て驚き慌て庭に戻せり

葉を落とし木は伸びやかに日を受けぬ厳冬を待つ心構へに

繭《まゆ》のごとふくらみてこし月光の下に木星しづかに光る

葉の落ちて新芽萌えこし枝に来て小鳥囀る話し合ふごと

小屋かげにあな珍しき零余子《むかご》見ゆ捩れし蔓に三粒が程の

食ぶるもの無しとは言はじ蒲公英《たんぽぽ》の若葉も加へサラダを作る

わが町を蛇行し流るる神田川魚はぐくみて隅田川に入る

誕生日知る人のなしさばさばと独りし祝ふ膳に一献

青空にスカイツリーは伸びにのぶわが脳も又かくありたきに

白き雲浮きて移ろふ大空を絵にして見たき願ひ持ちたり

ハイヒール履きて装ふこともなし磨きて終《しま》ふけふの青空

蓑《みの》虫の如くにありて目覚めたり今日はよき日ぞ生気は満つる

青空に綿雲浮きて雪の富士晴れゐてわれの心すがしき

雪の富士見つつ走れる高速道徐々に混みきてまたも渋滞

裸木なる街道もまた風情あり日を垂直に受けて光れる

針もつも久しくなりぬ縫ひ物が年の始めのわが仕事なり

女子ランナー都《みやこ》大路を駈け抜けぬ雪舞ふ中に意気たくましく

霜枯るる庭木のなかに万両のひと際赤し朝日をうけて

柊の棘にさされし掌《てのひら》の痛みは夕べの湯浴みに沁みぬ

節分の豆を撒き終へ歳の数食ぶるも其処そこ鬼は笑はむ

蕗の薹むくりと頭現しぬ五つが程が植木鉢のそばに

わが庭に初めて育つ蕗の薹僅かなれども酢味噌に和へぬ

初物のほろ苦き味しみじみと充つる思ひす夕餉の膳に

白鷺

誘ひくる友ありてこそ五日市秋川の辺の宿心地よし

白き布広げしごとく白鷺は川上めざす塒にゆくか

山の端に沈む夕日は茜雲残してゆきぬ空の華やぎ

南天の実は房ふさとしだれたり垣根を飾る赤きが映えて

岩の間を流るる水の清らかにさざ波寄する水面は金色

白鷺と鴨は気ままに飛び交ひて川面に影を映すのどけさ

秋川の上行き来する白鷺の羽根を広ぐる姿うつくし

東日本大震災

揺れ激し足はすくみて歩み得ずああ声も出でず卓につかまる

揺れはじめ身構へたれどせん方なし棚より落つる軽き物より

巨大なる津波は襲ひて東北の美しき港は惨きはまれり

上空にヘリコプターは止まりて救助されし人吊り上げらるる　自衛隊機

スーパーの中《なか》は節電棚の上商品あらず地震より四日め

避難所の人びと思へばありがたし節電節水灯さぬ部屋も

京王線各停のみが運行す車内は節電これも良しとす

節電の車内は静か真摯にて祈るがに見ゆる人もありたり

聞きなれぬ言葉の羅列に原発の恐ろしさ知る国民われら

想定外の言葉はがゆし専門家の頭脳の結集信じたりしに

原発に囲まれし日本われわれは放浪の旅にさまよふごとく

さがし出でて泥にまみるるアルバムを宝となさむ被災者思ふ

粉雪の降る日も続く救助隊ただに尊し祈るほかなし

マンションに住むとふ友を見送りてお元気でねと言へど空しも

三日前友の住み居し家毀つと轟音たてて埃まきあぐ

忽ちに均《なら》さるる土地に売地なる看板立ちてのこる寂寥

二回ほど売地の宣伝なしをれど早やも杭打ち建築始む

宮地伸一先生

黒板に宮地先生何回も同じ文法を説明されぬ

遠くまで通ひ下さるる先生は遅刻だと言ひ授業はじまる

感情の細やかなりし先生の批評戴く慕はしきかな

大会の数百首なる批評をも成し下さるる有難かりき

新聞に宮地伸一先生の逝去を報ずる記事ありわが合掌す

栃の花しばし歩みを止め来て仰ぎみるなり倦くこともなく

母子草伸びにのびたり黄の花の綿毛に守られ多《さは》に色濃し

ファッション画のごとく装ひ颯爽と隣りの主婦は出でてゆきたり

季節の花

去年植ゑし胡蝶花は増えきて花開く茎は曲れど花すがすがし

買物の客も戻りしスーパーは節電つづく馴るればよろし

風吹きて歩み進まず千鳥あし古木のさくら散り急ぎたり

子宝草豊かに育ち茎を伸ぶ寄り合ふ小花は白百合に似て

シャベル持ち土を起すも大儀なりされど季節の花咲くは楽し

セコム言ふお帰りなさいに只今と答へて狭き家に安らふ

けさ小枝落としし枝に頬白の顔美しきがしばし遊びぬ

昼時の大型食堂人あふる食事作らぬ主婦の増えたり

仙人掌の花は大きく清らかにひと日華やぐ香りのこして

うす暗き空と海あり一線を引きて穏しも風渡りゆく

甲子園に集ふ高校生ら背の高く見せる笑顔にあどけなさあり

被災地の高校生ら明るくて野球にかける希望うれしも

カーテンを揺らす風なく朝日さし今日も猛暑かわが身萎えしむ

ゴーヤの種

蔓は延び花咲くゴーヤ実を付けぬ下がりし太き実の大きさよ

採り忘れしゴーヤは黄色き実の裂けて種の赤きが輝きてをり

ゴーヤ作り成績よしと友の言ふ褒められし事なきこのわれにして

蜆蝶もつれ離れて目まぐるし庭飛び交ひて共に出でゆく

めづらしく蟬の鳴く声わが庭に夕暮れどきを高くひびけり

鳴けるだけ鳴きて足らへるか連れもなく音なく去りし蝉を愛しむ

茎細く伸びて咲きたる白百合の花は大きく猛暑に清し

電柱の影を選びて歩み来ぬゆるり気儘に公園の午後

夾竹桃花かげ少なき頃なるもいろ鮮やかに涼風のなか

ときどきに用途の変る広辞苑枕となりしひと刻もあり

目覚しの時計を止めて起き出でぬ冷房のなき朝のすがしさ

古ぼけし車に似るかわが軀エンジン掛かるは午後一時頃

サルビアの花に寄り来し紋黄蝶ひと花ひと花選び蜜吸ふ

紅色の小花を咲かせトラノオは猫の尾のごと優しくゆるる

朝夕に鳴ける虫の音静けくも爽秋なるか風も透きくる

柊に触るれば刺さる葉なれども艶もつ緑の垣根いろ濃し

見つめゐるわれを意識し化粧する眉毛と睫を刷毛になぞりて

十五分化粧はつづきわれは下車無駄に時間を過したりしか

蜘蛛の糸きらきら光りし細きみち好み通りぬいま舗装路に

枇杷の木の大きく伸びて葉を落とすわが庭にいつか主《あるじ》のごとく

枯葉のみ落とす枇杷の木たまに実を落とし呉れぬか朝なさ見上ぐ

故里

故里は遠きにありて思ひゐる小川に雑魚を捕りしも遥か

水清く温《ぬる》めば裸足に川に入り雑魚を追ひたり掬ひもしたり

幼き日友と山菜取りし山今日きて見れば団地となれり

鍋の底埋むる程の泥鰌や海老母の煮付の旨かりしかな

大根を稲架《はさ》に掛け干す季節には白山に雪薄く積みたり

朝に夕に見し白山の懐かしき能美の平野を一望にして

白山に積む初雪の遅速にもことし降る嵩判断なせり

雪富士を仰ぎて思ふ白山の連峰ずしりと雪積もるらむ

美《うるは》しき白山連峰の大いなる加護に抱かるるわが故里は

祖父の兄郡長たりし能美の地　市となりしとぞわが故里は

葉書にも毛筆《ふで》にて書ける父なりき手紙の巻紙残せしも失す

遥けき母との日

うつし絵の祖母の笑顔の美しく懐かしくもあり遠きを偲ぶ

われを背負ひ育てし祖母の面影の記憶にあらず写真に見入る

この児だけを育てたかりしと母に言ひ心残して逝きましぬといふ

歳を経て母に聞かさるる祖母のこと美しからぬわれを案じて

旧盆の墓参に行きて母の髪洗ひて梳きしが最後になりぬ

松井須磨子の隆鼻術

年月を経て旧事の追憶に浸るこの頃です。ふと、夫からも、アイさん（夫の幼い時からの婆やさん）からも聞いておりました、松井須磨子の隆鼻術のことを思い出しました。

義父寺田豊作は東京帝大の医学部を卒業し、ドイツ留学を約束されておりましたが、赤坂見附に三階建ての医院を建て、開業医として生活を始めたそうです。

松井須磨子の隆鼻術を執刀したのも五つ木通りに入る角地、弁慶橋がすぐそこに見える寺田医院です。整形は現在珍しいことではありませんが、当時は一般的ではなく、須磨子の手術は、日本で初めての事でした。

遠い時代の隆鼻術、真偽のことも解りませんでしたが、昭和四十年頃、須磨子の姪御さんの談話が新聞に掲載され、「おば様は鼻を高くしてもらっていました」と書かれていましたので、夫や、アイさんの話は本当だったことに、古い話ですが改めて思い起こし懐かしくなりました。

松井須磨子（一八八六―一九一九）、本名小林正子は長野県松代出身。氏は十七歳で東京に移り住み、明治四十四年文芸協会の第一回公演に「ハムレット」のオフィーリアに扮し、その後「ノラ」、「マグダ」など好評を博しました。大正二年早大教授で「早稲田文学」主宰の島村抱月と「芸術座」を興し、西洋近代劇を紹介し、カチューシャ、カルメンなどを演じました。大正七年島村抱月の死を追って翌年自死、三十四歳でした。舞台生活十七年の華やかな生涯を閉じられた。

一世を風靡しながら、華やかな人生の半ばで自死を選んだことも不思議でしたが、隆鼻術を受けていたことにも驚きます。

須磨子の名前や、写真を拝見したことはありましたが、美人で舞台女優さんには相応しい方だったのだと、舞台を観劇した事もない方なのに、ふと過《よぎ》った時がありました。

　東京に住んでおられた須磨子のお墓は何処かしらと、友人に尋ねましたら新宿区にあるということでした。そして多聞院の墓地を訪ねてみると、広い墓地に以前には想思の男女を一緒に葬った比翼塚があったそうですがそれは撤去され、現在は立派な黒御影のお墓となっておりました。

　墓参の後に義父の医院があった赤坂見附あたりを息子の車で巡りましたが、その跡地も、東急ブライダルも、弁慶橋も見えず、霞ヶ関ビルは官公庁街に聳え、寺田医院は何処かと辺りを見廻し、佇むばかり。狐に抓《つま》まれたごとく、魔物めく街道に茫然としてしまいました。

　義父豊作は須磨子より一年ほど後にこの世を去りました。古い話ですが何処か忘れ得ぬ話として、私の心に眠っておりましたエピソードです。

あとがき

この歌集は身の回りの小宇宙を友とし、つれづれの思いや行動、四季の移り、恵みなど感じたことを纏めました。穏やかな日々ばかりではなく、平成二十三年の東北関東を襲う大地震と、津波による大被害に、そして原発の恐ろしさを知り、われわれ国民の住む土地もなく苦しみ、生きることの大切さを感じております。

米寿を迎えたことの有難く幸せに感謝しつつ、詠ませて頂いた詠草を集めました。宮地伸一先生のご他界、わが身辺の変化、雑事にとり紛れ身心共に疲れを覚えるようになりました。老いに向っての日々の遅々とした歩み、老いるということは、この様に切ないものかと感じ、医院に通う事も欠かせません。

歌集『わが雑草園』所収の歌は平成十七年より平成二十三年迄の作品となります。

拙い作品ですが、皆様のご高覧を頂ければ幸いと存じます。カバー絵は姉の大山市子の絵を頂きました。また、歌誌「新アララギ」、ＮＨＫ学園の新宿オープンスクールなどでご指導いただいております雁部貞夫先生にはお忙しい中、歌稿にお目通し下さいました上に序歌五首をお寄せ下さいました。有難く感謝申し上げます。

最後になりましたが、現代短歌社社長の道具武志様、編集の今泉洋子様には、本書刊行に就きまして万端のお世話いただきました。ここに厚くお礼申し上げます。

平成二十四年八月十日

寺田さみ子

著者略歴

寺田さみ子（てらださみこ）
大正11年12月18日、石川県生まれ
平成14年「新アララギ」入会
主として宮地伸一先生に、その死後雁部貞夫先生に師事現在に至る
歌集『小袖の彩』（昭和61年刊）
『打曇の華』（平成５年刊）
『花の寺』（平成14年刊）

歌集　わが雑草園

平成24年10月23日　発行

著　者　寺田さみ子
〒168-0082　東京都杉並区久我山5-29-12
発行人　道具武志
印　刷　㈱キャップス
発行所　**現代短歌社**
〒113-0033　東京都文京区本郷1-35-26
振替口座　00160-5-290969
電　話　03（5804）7100

定価2500円（本体2381円＋税）
ISBN978-4-906846-19-1 C0092 ¥2381E